2018 운문시대 Vol.14

묻지 마시라,
오직 노래할 뿐

2018 운문시대 Vol.14

묻지 마시라,
오직 노래할 뿐

동학사

운문시대 14집을 내면서

묻지 마시라,
오직 쓸 뿐.

묻지 마시라,
오직 노래할 뿐.

2018년 6월

〈운문시대〉 동인

차 례

❶ 신춘희

❷ 손상철

1

신춘희

운문시대_14
신 작 시 조

꽃잎을, 읽다

꽃잎도 결국은 죽음에 닿는다

영혼은 하늘로, 육체는 땅으로

바람의 부채질 같은 무색의 전류를 타고

물결 하나 없는 우주의 검은 바다

은유의 노란 불빛이 소름처럼 돋는다

꽃잎의 또 다른 이름, 별이라는 발광체

누구는 저 별을 신의 보석이라 하고,

누구는 저 별을 나무의 눈물이라 하지만,

누구는 빈자의 허기, 밥이라고 적는다

추석 우화寓話

공자만 읽다가
할아버지 가셨고

묵죽墨竹만 치다가
아버지도 가셨다

공자와 묵죽 사이에서 자식들은 자랐다

형은 채소장수로
동생은 막일꾼으로

떠돌며 살다가
추석이라 모였다

어머니, 야윈 등선이 불빛 속에 슬펐다

정답이 없는 시간
힘들게 지나와서도

주고받는 말 속에는 가시가 박혀 있다

휘영청, 달의 곡선을
언제쯤 깨달을까

못에 대한 소견所見

벽에 못 친다는 것은
쇠와 벽이 만나서
수직과 수평의 접점을 찾는 일
하나의 뿌리를 내려
심연이 되는 일

더러는 틈새를 소리로 채우고
그래도 비인 틈새는 고요로 봉해준다
꽃 같은 녹에 중독돼
폐를 앓는 시멘트

못은 알고 있다 불화가 숙명임을
아무리 치유해도 덧나는 그리움을
답답해 가슴 칠수록
심장이 우는 뜻을

시골, 아침 풍경

종다리가 노래로 활시위를 당긴다

호박 넝쿨 이파리에 햇귀가 바장인다

툇마루 두레 밥상이 수저소리에 환하다

방을 그리다

창 닫고
불 끄고
어둠 속에 웅크린다
스스로
가두는
두 평의 수행 감옥
귀뚜리 울음 하나가
안팎을
잇고 있다

참선하든
기대든
잠자든 자유다

이승을 나서면
어디서부터 저승일까

갈꽃비
가만히 눕혀
허무를 쓸어낸다

목탄데생
— 어느 시인의 방

인도산

사기 접시

폴란드제

머그잔

200자 원고지

클래식풍

몽불랑

고전의 지문을 새긴

마호가니

목책상

햇빛이 누비질한

오후 3시 유리창

파초의 실루엣이 부조처럼 박혀 있고

책장의 옛날 시집은

대추처럼

붉었다

울산대공원

화창, 화창, 화창, 화창, 화창한 봄날
찰칵, 찰칵, 찰칵, 찰칵, 소리도 맑다

꽃, 꽃, 꽃,
벌, 벌, 벌, 나비,

사람,
사람,
치이즈!

하오의 물보라가 잔광처럼 부서지는

분수대, 비치파라솔
화강색 타일 바닥

종아리, 하얀 맨발이

찰방! 찰방!
한창이다

고추밭의 개그맨

이장님 고추밭
알몸의 손주가

아장아장 뒤뚱뒤뚱
위태롭게 걷다가

어이쿠! 벌러덩 했네
고추가 달랑달랑

웃음보 참느라고
이장 댁 막내며느리

두 손 펼쳐서
붉은 얼굴 가리는데

가슴을 와락 헤치며
뛰어드는 풋고추!

벼락 치듯 알겠다

젊은 스님이 도시로 납시었다
파랗게 깎은 머리에 햇살 소복하고,
둥긋한 신발 코에는 흙먼지 유순하다

바랑에 쫑긋이 핀 꽂힌 분홍엽서
산중의 그분이 한 소식 던졌구나
스님이 납신 이유를 벼락 치듯 알겠다

저녁강을 끌고 간다

물 첨벙
뛰어가다
후다닥
몰려간다

한 일 자로 질주하다 시옷 자로 숫구친다

허공에 까만 구두점
벌떼로 튀는 햇빛

휘어졌다 날개 펴고
웅크렸다 몸을 펴고

발,
발,
발,
동, 동, 굴리며
저녁 강을 끌고 간다

러브 레터

그리워 쓰고는 멍하니 기다리는 것,
엎드려 울다가 다시 또 쓰는 것,
생각이 지칠 즈음에 생크림을 먹는 것,

갈증도 이런 갈증은 감당할 수 없어라
촉각을 곤두세우다 스러지는 언어여
생크림, 유두 위에다 딸기 한쪽 얹는다

2

손상철

운 문 시 대 _ 1 4
신 작 시 조

고인돌 애가愛歌

살아서 서러운 날도 길 위 어두운 날도
그 무게의 근수는 깃털 속 가벼운 뼈다
후 불면 날아갈 것 같던 저 약속은 무겁다

이슬 아래 잠들었던 볼 붉은 그리움이
도요 울음 뒤에 다시 온 사무침이
또 천년 견딜 수 있다면 긴 잠을 견디리

그 님의 귓불에서 서걱서걱 이던 석양
그 아래 팔베개를 드리운 그림자만큼
노래가 지긋이 눌러 날아갈까 우는가

낙화落花 자탄서

바람이 고개 숙인
저 순간
꽃이 졌다

가야 할 때를 알아
스스로 천명에 닿은

옷깃에 꽃물 드는 새벽
나 어디쯤
가는가

꽃피면 나무는 떤다
꽃은 숨은 상처다

비백 하나 없이
서로가 견디고 서서

별들의 귀거래사에
옷깃 다시
여민다

코타키나발루*.1
— 일몰을 읽다

지우는 몇 개의 섬이 민낯으로 검붉다
손잔등 터진 갯벌 모래성 줄무늬 미소

한순간
우물 속으로
사라지는
아이들

소떼가 몰고 가는 무취한 시간의 발목
바다의 맑은 귓속 자갈들이 숯불이다

읽다가
덮어 버리는
원시의
시집 한 권

---

*코타키나발루 : 말레이시아의 세계 3대 일몰지

야반도주 .1

돌계단 숫자는 이제 눈 감고 오가던 길
각진 길 팔자라고 가훈처럼 오르던 길
부엉이 첫 비행처럼 밤과 길이 낯설다

눈만 커진 아이와 아내는 무너졌다
달셋방 옥탑 귀퉁이 채송화 키웠던 손
어느새 끊긴 전기를 배후로 남긴 적막

녹슨 골함석 위로 달의 발 푹푹 빠진다
아내 미역국이 되지 못한 처마 명태
또한번 살아야 한다며 한 남자가 도주다

야반도주 .2
— 판결문

(판결문)사건101번야반도주죄에대해선고한다 피고박처용
은미납전기료와수도료만천원과 소득세오원에대해사회봉사십
년을명한다 삼십년된 1톤트럭은국고에귀속하며 아들딸은친권
을박탈하고청소년보호소에감금한다 십년에한번의면회가능하
나얼굴을가리고만날것

철 지난 달력 너머 TV는 아직 눈 맑다
죽은 쥐와 신 김칫국물 소주잔 거나하다
나팔꽃 다시 피거든 다시오마 숨긴 열쇠

아내가 마른반찬 몇 가지 남기고 갔다
합성 결혼 사진은 그래도 가지고 갔다
속이 빈 화장품 더미 참 많이도 버텼다

이 도시 내게 남은 마지막 별을 본다
매일 밤 쉬이 오르던 길이 허방이다
처용도 길 잃고 우는 밤 어디로 가야 하나

코타키나발루[*].2

— 달 탐색기

달이란 한 글자로는 수 천 년 진화 못한
나무의 뼈대였다가 바람의 시작이었다
누군가 막사발에 얹은 둥근 마음 한 사발

어느 꽃잎에 숨어 홀로 울던 별리었다
나비가 두드려 깨운 구름의 씨앗이었다
누군가 목을 매달기 전 보았다가 내린 숨

---

*코타키나발루 : 말레이시아의 세계 3대 일몰지

여름감기

붉은 벽돌집을 넘는
쇼팽의 폴로네스
비가 올 것 같다
일기장 이미 정체다

수취인 불명의 잠이 소나기를 부른다

담장 위 덩굴장미
건반은 자꾸 엇박자
꽃머리 가뭇없이
커튼 속 조는 햇살

둔탁한 서쪽 하늘이 후렴구를 앓는다

지심도
— 동백 지던 날

수심 모를 우물이 울컥울컥 서러운 날
그날의 약속처럼 내 눈을 다시 보아요
속 품에 노스텔지어 노란 손수건 싫어요

에덴에서 쫓겨난 것은 후회하지 말아요
손잡고 새벽이 오기까지 불던 휘파람
꽃잎에 내린 봄눈같이 견디자 했잖아요

아직 너의 눈도 못 맞춘 시간이었다
너를 바라보고 싶어 울던 날도 없이
가슴에 숯덩이처럼 내려앉은 당신은,

자작나무숲
— 아내에게

눈 속에 네가 들어와 작은 미소 짓던 날
눈에 눈물이 없길 사초처럼 다짐했다
지금도 그 약속이 깊어 마음보다 사뭇다

잠시도 보지 못할까 상아쿠아* 눈을 뜨고
새순 돋던 사월지나 단풍 지던 시월까지
겨울산 자작나무숲 두 손 놓지 않기를,

어느 날 홀로 깨어 바라본 네 얼굴
새벽이 오는 줄도 모르고 보던 미소
또다시 이 마음처럼 사계에 다 닿기를

---

* 상아쿠아 : 온몸과 눈까지 투명한 물고기.

여자의 오후

노란 슬리퍼 끌고 은행잎 날리듯 간다 고개를 돌린 귓불에
달린 악어귀걸이 편의점 컵라면 먹다 순간 멈춘 저 입술

어디서 샀는지 흰 줄무늬 파란 추리닝 양말은 슬리퍼 색과
맞추는 불립의 오기 갓 씻은 흰 무우 같은 안경 아래 눈두덩

간판은 다 읽어주는 저 자본의 수사학 폐업과 신장개업의 숲
을 걷는 NY 모자 목덜미 여우 타투가 지는 해와 눈맞춤

승부역驛*

세평 반 꽃밭보다
작은 빈 대합실
길이 다른 길에게
길을 묻다
길을 잃고

민들레 얼굴 맞추다
등 굽은
촌노 지팡이

철길 위
조는 잠자리
햇살의 긴급 전보
녹슨 이야기가
숨차 안은 의자

영동선 지금 시간은?
내가 잠깐
머문다

---

*승부역 : 경북 봉화군 석포면 승부길에 있는 아주 작은 역

3

김종렬

운문시대 _ 1 4
신 작 시 조

몸집

암탉은 온몸이 한 채의 집이다

거친 비바람에도 끄떡 않는 포근한 집

어릴 적 엄마도 그랬다, 천둥 치던 밤이었다

영정

아버지 세상 뜨자 영정이 문제였다
십수 년 자리에 누워 앉도 서도 못했으니
그 흔한 사진 한 장이 보물보다 귀하다

집집이 사진첩을 이 잡듯 뒤지는데
전화기 타고 오는 격앙된 목소리
'오빠야 아부지 찾았다, 여기 있다 아부지'

병석에 눕기 전에 용케도 찍은 사진
그것도 컬러판에 영판 내 모습이다
'이놈아 나 여기 있다', 껄껄 껄껄 웃으신다

안개의 바다

산정에 올라서니
사방은 짙은 안개

길이란 길 다 지워지고
바위 몇 겨우 남은,

섬 하나
갖고 싶은 꿈
오늘에야 이룬다

가지산 북릉에서

42

누가 등 떠밀어 이 험한 산정까지 와
저 붉은 조선소나무 아랫도릴 훔쳐갔나
인명도 성이 안 차서 초목까지 휘둘렀나

평생 맞서야 하는 칼바람도 서러운데
제 한 몸 지탱하기 마디마디 서러운데
생살을 도려낸 아픔, 진정 그대 아시는가

제 피가 기름이 될 줄 꿈엔들 생각했을까
반도 땅 어딜 가나 난무한 생채기들
꼿꼿이 버티고 서서 비망록을 펼쳐 보인다

행복

산책길에 지나쳐버린 잔설 속 어린 새싹

몇 움큼 마른 잎을 덮어주러 다시 갔더니

함께 온 아이 털장갑, 이미 먼저 덮였더라

도道 아닌 것

눈이 닿는 곳마다 도 아닌 게 하나 없다

산과 들 강과 바다 그리고 하늘까지

그 속에 아닌 것 하나, 거울 속에 서 있다

봄, 산정에서

이 봄날 산정에서 혼자 술 마신다
괴로운 무슨 심사 있냐고 묻지 마라
누군들 맨정신으로 이 산천을 굽어보랴

하기야 술에 취하나 봄나절에 취하나
이래저래 취하기는 매한가지 아니한가
산 아래 출렁거리는 눈이 부신 비단 만 폭

서운암의 봄

— 화전 시화에 부쳐

시 그거 별거 아니네
봄날이 죄다 시네

꽃잎에 출렁이는
햇살과 바람물결

서운암 뜨락에 모여
하루 종일 시를 굽네

오래된 기억

짐승의 눈물을 본 사람은 흔치 않다
이별은 늘 그렇듯 예고 없이 온다지만
송아지 팔려간 날은 온 집안이 눈물바다

송아지 끌고 나간 새벽은 모질었다
어머닌 동동 울고 할머닌 퍼질러 울고
어미 소 붉은 울음이 우물보다 깊었다

그날 아침 어머니는 밥을 짓지 않았다
해가 중천일 쯤 간신히 거둔 눈물
억지로 삼킨 물밥이 자꾸 목에 걸렸다

49재

아버지가
차지한 건
기껏해
사방 한 자

봉분도
덧없다며
화장으로
남긴 유언

그 단새
학이 되셨나,
청솔가지
휘는 밤

소나기

소나기 퍼붓는 날은
습관처럼 주눅 든다

지나온 행간마다
빗금칠 일 너무 많아

가끔은
창문 닫아걸고
무릎 속에 숨는다

4

김병환

운문시대 _ 14
신 작 시 조

저녁 강

강가에 와 거꾸로 물구나무 서는 저녁
때늦은 빗소리 점자체로 짚어가며
그립고 먼 피안의 안부 수묵화 담고 있다

훌쩍 커버린 미루나무 기억의 저편에
비루먹은 저녁 갈대 젖몸살 앓고 있다
실바람 놀란 기척에 강은 늘 말이 없다

유성

막다른 골목길에
시간이 멈춰 섰다

힘 실린 과녁 향해
활시위를 당기면

이마에
흰 손을 얹고
별똥별을 지운다

무제치 늪 3

푸르게 숨을 쉬는 일만 년 전 산들 늪
물방개 소금쟁이 도롱뇽 저 어린 것들
우리가 가꾸고 지켜야 할 이 땅의 주인인 걸

늪에도 삶이 있어 달뜨고 별이 진다
하늘 담은 화면 속에 스크랩된 숨은 비경
작지만 그들만의 꿈 지금에야 돌려준다

가을비

오래된 길을 밟다
낯익은 빈 골목길

자박자박 따라 나선
발걸음도 운을 떼며

끝끝내
그리움 일어
눈물 울컥 쏟더라

구량리 은행나무

푸르게 이마 짚고 하늘마저 내려놓는
청명을 읽고 가는 구량리 은행나무
자욱한 안개를 풀어 수백 년 집도한다

갈 마당 비워가며 은유로 걸린 낮달
노랗게 빗질하면 먼 눈빛 젖어있다
상강에 식어만 가는 그 옛날의 추억들

누이 생각

발그레
익은 생각
빗소리에 젖곤 하던

밀알의
까만 말씀 꽃씨로
하늘 연다

민낯에
얼굴 붉히며
잦아들던 손톱달

겨울 문수

간담이 서늘하도록 조선의 달을 베다
기러기 필법으로 상감하는 겨울 저녁
무쇠로 달군 문장들 휘몰이로 펼치며

갑골문 상형문도 횡으로 고쳐 쓰다
떼까마귀 무리 지어 한 땀 한 땀 쪼아대는
절명시 한 줄 남기고 침몰하는 산노을

게발선인장 꽃

너와
나
작은 틈새
사랑으로 파고드는

연분홍
이름표도
가슴에다 달았구나

봄날도
훌쩍 커버린
꽃대궁을 밝히며

염포만

은물결에 쓸리어간 빈 포구 쪽빛 위로
기적처럼 일어서는 아산로 달려간다
포구에 쇠갈매기가 서사시를 퇴고한다

불끈 솟는 아침 해로 염포만 밝힌 신화
절명시 한 소절 고쳐 쓰는 늙은새
고단한 몸을 일으켜 뱃머리를 떠난다

억새

촉박한 이 땅 위에
발군의 뿌리 박고

가난보다 더 질긴
민초들의 설운 목숨

짓밟고
갈아엎어도 다시 서는
저 함성

주상절리

밀물 썰물 부딪치며 조금씩 알아가는
표류하는 난바다 섬처럼 둘러앉힌
조각난 하얀 그리움 한 땀 한 땀 꿰고 있다

일만의 푸른 파도 가슴 한켠 쓸어간다
발아래 부채 펼쳐 한량무 추는 주상절리
수장된 문무대왕 넋 갈매기가 물고 난다

5

박미자

운문시대 _ 1 4
신 작 시 조

산안개

공룡이 깨어나서
입김을 뿜어내요

나무도 풀잎들도
겁에 질려 파르르

창을 든
햇살 앞에선
줄행랑을 치지요

물빛

신 디자인 거리에 미끄럼틀 생겨났다
주르르 타고 내리는 현란한 빛의 향연
무채색 단조로움은 시선 끌지 못한다고

맹물도 답답했는지 색깔을 입혀 간다
투명한 모습 그대론 견디기 버거웠나
잠시 눈 현혹시키면 무얼 얻을 수 있나

얼음처럼 맑다는 건 때론 고립 불러온다
고슴도치 날 세워 조목조목 파고들다
혼탁한 시류에 쓸려 색을 얻은 물이여

줄장미

501번 버스는
또 한 번 결번이다

걸어서 다다른 곳
그 길가 붉은 벽돌집

줄줄이
넝쿨이 되어
아프게 피어났다

작괴천 물소리

산그늘 담궈 놓고 보글대는 계곡물은
이끼 긴 천년 넘게 뭘 그리 끓여대나
종일을 몸 씻는 낯달 귀가 반쯤 삭았다

물속에 기둥 없이 집 한 채 짓다 보면
차오른 물소리로 모난 마음 둥글어져
떠돌던 푸른 잔별도 방싯 웃고 들앉겠다

나뭇잎 동동 띄워 내달린 물길 따라
마찰음 굽이굽이 산화한 하얀 물꽃
저무는 어느 강구에 물안개를 피울까

새봄

환한 물속 같은
고요한 배밭 머리

잔잔한 물결위에
윤슬처럼 반짝이는

안테나 펼친 잔가지
낚아챈다 봄기운

천길 바위

간월재 벼랑 아래 떡 하니 놓인 바위
그 바위에 흙이 내려 솔씨 날아들고
어느새 뿌리를 뻗어 가늘게 흔들린다

그대를 만나려고 천길을 에돌아와
가파른 산꼭대기 먹구름 이고 서서
잡힐 듯 잡히지 않는 내 사랑 불러본다

사랑이 이뤄진다는 천길 바위 바라보며
소망돌 집어 들고 힘껏 한 번 던져 봐도
아직은 인연이 아닌지 비껴간다 저 멀리

바다 3악장

정자항 부둣가에
어시장이 열리면

차르르 은빛 콩돌
악보를 그려낸다

짝 찾는
괭이갈매기
발성 연습 드높고

떠나간다 하면서도
돌아서며 부서지는

참소라는 속 비워
해조음 채워가고

사연이 깃든
모래알
별로 뜨는 밤바다

수평선

줄 하나 그어놓은
텅 빈 운동장에

통통 튀던 아이들
어디로 다 숨었나

심심한, 바람은 종일
고무줄놀이 한다

붕어빵

빵틀에서 헤엄쳐 나온
따끈따끈 물고기

언 손 녹여주려
가만가만 나아가면

동심이
가득한 얼굴에
피어나요 바다꽃

파장 波長

낙엽이 타들어가 장작에 불이 붙듯
뜬소문 부풀려서 밑불을 놓고 있다
벌겋게 달아오른 숯 양은냄비 타겠다

너한테만 비밀이야, 손가락 건 말이
쉿, 혼자만 알고 있어… 한 사람 또 한 사람
부싯돌 부딪칠 때마다 불꽃이 건너뛴다

가을 칠판

제트기 한 대가 머리 위로 지나갑니다

새하얀 분필로 글을 써 놓았습니다

우리가 하고 싶은 말 대신하나 봅니다

6

김종연

운문시대 _ 14
신 작 시 조

101번째 프로포즈

열 번 찍어 안 넘어와도 포기란 있을 수 없지

대답조차 오지 않는 묵묵부답 이력서를

오늘은 카페에서 쓴다 음악까지 넣어서

허풍도 가식도 빼버린 말간 행간

누군가 읽어주겠지 혼잣말 담아보느라

커피는 이미 식었고 프로포즈는 다시 시작

갱년기

오십견 앓고 있는 왼팔을 붙들고
오른팔이 가만가만 만세 자세 가르친다
연극이 시작되려나 보다 제2막 1장

한쪽을 고치면 또 한쪽이 무너지는
벼슬 같지 않은 벼슬 선물일까 재앙일까
요란한 망치질 소리 보수공사 한창이다

간혹이 때때로가 되면 위험 신호 감지다
폭탄을 어디 숨겼나 식구들 숨죽인다.
때로는 자폭테러도 한다 나도 내가 무섭다

바람

왜 자꾸 와서 머무나 담지 못할 마음인데

초장에서 멈춰버린
한 줄 시어처럼

안에서 밖으로 불고
밖에서 안으로 분다

꼭두

84

이정표 없는 길을 종횡무진 넘나들며
때로는 신성으로 때로는 익살꾼으로
경계를 건너는 이들에 더운 손을 내민다

생의 지층마다 남아있는 생채기도
한바탕 꿈이었다 쓰린 기억 지워주며
남은 자 떠나는 자의 눈물 거둬 앞선다

중독

손가락 걸어보지만 약속은 빗나가고

'이번이 마지막이야' 타협은 일사천리

그곳이 늪지라는 걸 아는 사람 다 아는데

무릎을 삼켰으니 머잖아 허리까지

아무리 몸부림쳐도 또다시 원점의 시간

맞물린 수레바퀴에서 탈출하는 법 알려줘!

쇠락

한 번은 괜찮다 반복이 문제였다
오늘도 팔순 노모 쉰 넘은 아~를 찾는다
첫 생명 품었던 그 날까지 거슬러 오르며

버팀목 의지해야 설 수 있는 늙은 나무
당신이 아기였던 그 시간 더듬어 오르고
머리칼 성성한 아~가 보폭 맞춰 걷는다

걱정

밑도 끝도 없이 불쑥, 참 염치없는 손님이다

뒤통수에 숨어서 그림자만 일렁이다

단숨에 주객전도다 주인인 냥 행세다

지구 온난화

평균기온 삼십 도 사하라에 눈이 내렸대
거짓말 같은 참말이 세상을 떠돌아도
제 목청 드높이느라 듣지 않는 바람의 말

애가 탄 북극 빙하 팔 하나 툭, 분질러
떠돌이 유빙 되어 이곳으로 다가오는데
대답을 찾지 못한 채 구경꾼만 가득하다

십시일반

외딴섬 쪽방촌에 보일러가 터진 날

갓 지은 밥 한 공기 햇살에 돌돌 말아

양손에 쥐어 주고 싶다 밥심으로 견디라고

까막딱따구리의 노래

일 초에 열두 번 부리 쪼아 둥지 짓고
온몸 촉수 열어 위험신호 찾아낸다
알들을 지켜내느라 핏발 선 눈동자

새끼 입 채워주려 하루 육십 번 비행도
괜찮다 괜찮다며 부은 발목 다독인다
고달픈 아빠들의 합창 마을에 당도했다

속수무책

터진 봇물을
주먹으로 막을 수 없듯

꽃은 꽃대로
이파린 이파리대로

사태 진 봄 산에 앉으면
온몸은 출렁다리

해 설

운문시대_14
신 작 시 조

현대시조 최첨단에서 싱싱하고
다채롭게 피어오른 꽃밭

이경철(문학평론가)

『운문시대』 동인 14집을 보면서 사화집詞華集, 글로 만든 꽃밭이란 의미가 절로 들어왔다. 동인들의 시 편편을 읽으며 제각각의 빛깔과 향내로 피어난 큰 꽃밭을 거니는 즐거움을 맛보았다. 그것도 시조라는 운문의 꽃길을 걸으니 걸음걸이에 멋과 흥이 절로 났다.

2005년 운문시대 창간집을 내며 동인들은 "신라향가 이후 천년의 역사를 이어온 시조가 우리 고유의 시가인 만큼 현대시와 어깨를 나란히 하거나 뛰어넘는 절체절명의 순간까지 가보고 싶다"고 밝혔었다. 그 후 한 해도 거르지 않고 동인집을 펴내며 시조의 현대화에 앞장서와 이번 14집에서도 우리 현대시조의 최첨단 위의威儀를 보여주고 있다.

시의 형태나 소재와 주제의 내용 측면에서, 이미지 운용이나 시적 문법 측면 등 시의 모든 층위에서 자유시의 최첨단에 결코 뒤지지 않는다. 거기에 시조 고유의 운율과 구성상의 완결감까지 갖췄으니 장황하고 난삽해 소통불능의 늪에 빠진 근래의 자유시를 능가하고 있다. 그런 현대시조의 최첨단 면면들을 이번 동인집에 실린 시를 통해 들여다본다.

벽에 못 친다는 것은

쇠와 벽이 만나서

수직과 수평의 접점을 찾는 일

하나의 뿌리를 내려

심연이 되는 일

더러는 틈새를 소리로 채우고

그래도 비인 틈새는 고요로 봉해준다

꽃 같은 녹에 중독돼

폐를 앓는 시멘트

못은 알고 있다 불화가 숙명임을

아무리 치유해도 덧나는 그리움을

답답해 가슴 칠수록

심장이 우는 뜻을

신춘희 시인의 세 수로 된 연시조 「못에 대한 소견」 전문이다. 각 수에 따라 세 가지 측면에서 못에 대해 명상하며 사랑과 그리움의 속성을 현대인의 심상에 맞게 복잡다단하게 파고들고 있는 시다. 첫 수는 만남과 사랑에 대해, 둘째 수는 사랑하며 빠져듦과 그 아픔에 대해, 그리고 마지막 수는 그렇게 아프면서도 또다시 그리워하는 사랑의 숙명에 대해 파고들고 있다.

세 수가 마치 시조 단수 3장 같이 기승전결로 구성돼 만남과 사랑의 전개과정을 제대로 드러내고 있다. 그러면서도 한 제목 아래 각각의 수가 독립된 연시조 구성 원칙을 지키며 자유시의 횡설수설 늪에 빠져들지 않고 시조의 풍격을 지키고 있다.

인도산

사기 접시

폴란드제

머그잔

200자 원고지

클래식풍

몽블랑

고전의 지문을 새긴

마호가니

목책상

햇빛이 누비질한

오후 3시 유리창

파초의 실루엣이 부조처럼 박혀 있고

책장의 옛날 시집은

대추처럼

붉었다

　신 시인의 「목탄데생-어느 시인의 방」 전문이다. 두 수로 된 연시조인데도 한 단어를 한 행으로 잡는 등 단어들을 나열하는 형태부터가 최첨단적이다. 앞 수에서 방안의 사물들만 한 행으로 나열하다보니 감정이 끼어들 틈 없이 건조한 현대의 사물시, 소위 '콘크리트시'를 보는 느낌이다.
　그런데도 시조의 정형에는 꼭꼭 들어 맞추고 있다. 앞 수에서 너무 냉정했음인가, 뒤 수에서는 시인이 감정이 극도로 절제된 데생적 이미지가 인상적으로 드러나며 시인의 방, 신 시인의 절제된 시세계를 잘 보여주고 있다. 이렇듯 신 시인의 시편들은 자유시 최첨단 미학과 문법을 시조로 적극 끌어들이고 있으나 시조의 정형을 지키며 현대시조가 현대시임을 증명하고 있다.

세평 반 꽃밭보다

작은 빈 대합실

길이 다른 길에게

길을 묻다

길을 잃고

민들레 얼굴 맞추다

등 굽은

촌노 지팡이

철길 위

조는 잠자리

햇살의 긴급 전보

녹슨 이야기가

숨차 안은 의자

영동선 지금 시간은?

내가 잠깐

머문다

　　손상철 시인「승부역驛」 전문이다. 잦은 행갈이로 호흡은 바쁜데 행간에 긴 여백을 두고 있는 시다. 앞 수에서는 시골 간이역 풍경을, 뒤 수에서는 그런 역에서의 인생과 시간을 묻고 있는 잘 짜인 서정시로 읽힌다.

　　두 수로 된 이 연시조는 각 수 초장, 중장은 전, 후구를 각각 한 행씩 잡고 있고 종장은 연을 나눠 전구는 한 행, 후구는 두 행씩 잡고 있다. 기승전결 중 전결이 함께 있는 종장의 전환과 완결감을 강조하기 위해 연을 나눴으면서도 시상 전개 및 전환에 따른 자유시 고도의 행과 연 나눔의 미학을 그대로 구현하고 있는 것이다.

　노란 슬리퍼 끌고 은행잎 날리듯 간다 고개를 돌린 귓불에 달린 악어귀걸이 편의점 컵라면 먹다 순간 멈춘 저 입술

　어디서 샀는지 흰 줄무늬 파란 추리닝 양말은 슬리퍼 색과 맞추는 불립의 오기 갓 씻은 흰 무우 같은 안경 아래 눈두덩

　간판은 다 읽어주는 저 자본의 수사학 폐업과 신장개업의 숲을 걷는 NY 모자 목덜미 여우 타투가 지는 해와 눈맞춤

　손 시인의 세 수로 이뤄진 연시조 「여자의 오후」 전문이다. 각 수만 연으로 나누고 한 수씩은 행과 연을 구분하지 않고 쭉 이어서 쓴 시 형태가 요즘 자유시단의 대세처럼 흐르는 산문시로 보인다. 여성의 미도 전혀 고전적이지 않게 현대적 감각으로 시니컬하게 찾고 있어 더욱 신선하다. 이처럼 손 시인의 시편들은 형태나 감각적 측면에서 자유시의 현대성을 능가하고 있다.

　산정에 올라서니
　사방은 짙은 안개

　길이란 길 다 지워지고

바위 몇 겨우 남은,

섬 하나

갖고 싶은 꿈

오늘에야 이룬다

　김종렬 시인 「안개의 바다」 전문이다, 시조 전통의 단수미학을 잘 갖추고 있는 시다. 그러면서도 시상이 아주 자유스럽게 흐르며 서정을 자아내고 있다. 운율도 3434 하는 자수율을 맞추면서도 초보자가 글자 수 맞추듯 답답한 것이 아니라 자연스레 흐르고 있다. 시조 단수미학에 충실하면서도 오늘의 짧고 강렬한 극서정시로 읽힐 수 있는 시다.

시 그거 별거 아니네

봄날이 죄다 시네

꽃잎에 출렁이는

햇살과 바람물결

서운암 뜨락에 모여

하루 종일 시를 굽네

　김 시인의 「서운암의 봄-화전 시화에 부쳐」 전문이다. 봄날

꽃잎 따 전을 부쳐 먹으며 한 시화를 소재로 한 단수다. 봄날이 시고, 꽃잎을 부치는 것이 시라고 할 정도로 김 시인의 시는 단순, 솔직해서 환하다. 너무 자연스럽고 환한 가운데서도 시상과 운율을 한번 쯤 뚝 끊어 후려친다면 벼랑, 혹은 그늘의 절창도 나올법한 작품들이 김 시인의 시편들이다.

김병환 시인의 「저녁 강」 전문이다. 저물녘 강 풍정風情을 담고 있는 두 수로 된 연시조다. 앞 수 초장부터 저녁 어스름 미루나무 그림자가 드리운 저녁 강을 아주 인상적으로 그리고 있다. 강물에 듣는 빗소리마저 청각과 시각으로 구체화한 중장의 공감각적 이미지도 인상적이다,

'그립고 먼 피안의 안부' 라는 종장 전반부에서 시상을 확 전환시키며 확장, 심화시켜 놓아 종결로 가기에 기막힌 구절이다. 아, 그러나 종장 후반구가 이 좋은 인상적 이미지들을 그만 '수묵화' 라는 구태의연한 추상에 가둬놓고 있어 못내 아쉽다.

그럼에도 뒤 수는 '점자체' 나 '수묵화' 등 손쉬운 발상법이 아니라 외면의 풍경과 내면의 시인의 정을 치밀하게 묘사하며 정경교융情景交融의 이미지로 나아가고 있어 시의 깊은 맛이 우러난다.

간담이 서늘하도록 조선의 달을 베다

기러기 필법으로 상감하는 겨울 저녁

무쇠로 달군 문장들 휘몰이로 펼치며

갑골문 상형문도 횡으로 고쳐 쓰다

떼까마귀 무리 지어 한 땀 한 땀 쪼아대는

절명시 한 줄 남기고 침몰하는 산노을

김 시인의 「겨울 문수」 전문이다. 겨울 꽁꽁 언 밤하늘을 나는 기러기 같이 간담이 서늘하게 결기가 서려있는 시다. 두 수로 된 이 시의 뒤 수 중장과 종장이 가위 압권이다. 시를 향한 그런 개결한 결기를 그러나 '기러기 필법으로 상감하는', '무쇠로 달군 문장들', '갑골문 상형문' 등 손쉬운 기존의 관념과 추상에 가두고 있는 게 아쉽다. 김 시인의 인상적 이미지 창출 능력으로 보아 그런 필법, 문장, 상형문 등을 구체적 이미지로 바꿔놓았다면 좀 더 보편성을 획득했을 것이다.

산그늘 담궈 놓고 보글대는 계곡물은

이끼 낀 천년 넘게 뭘 그리 끓여대나

종일을 몸 씻는 낮달 귀가 반쯤 삭았다

물속에 기둥 없이 집 한 채 짓다 보면

차오른 물소리로 모난 마음 둥글어져

떠돌던 푸른 잔별도 방싯 웃고 들앉겠다

나뭇잎 동동 띄워 내달린 물길 따라

마찰음 굽이굽이 산화한 하얀 물꽃

저무는 어느 강구에 물안개를 피울까

박미자 시인의 「작쾌천 물소리」 전문이다. 각 수마다 연을 달리하고 각 장마다 행을 나눈 시조 정통기사법에 따라 단정한 형태를 유지하고 있다. 각 수마다 다른 관점에서 바라보며 산 계곡에 고이거나 흐르는 물을 3중으로 변주하며 독립된 완결감도 주고 있는 빼어난 연시조다.

시인의 욕심 없는 맑고 밝은 마음이 계곡물 따라 흐르며 시의 서정성과 함께 종교적 깊이까지 드러내게 하고 있다. 첫 수 초장 '산그늘 담궈 놓고 보글대는 계곡물' 이나 마지막 수 종장 '저무는 어느 강구에 물안개를 피울까' 라는 표현은 그 얼마나 서정적인가. 또 '종일을 몸 씻는 낮달', '물속에 기둥 없이 집 한 채 짓다보면' 이란 구절은 얼마나 역동적이며 통달한 고승高僧 같이 허정虛靜한 깊이를 드러내고 있는가. 물속에 비친 낮달

이나 푸른 별을 보는 천진스런 동심이 빛나는 시다.

　줄 하나 그어놓은

　텅 빈 운동장에

　통통 튀던 아이들

　어디로 다 숨었나

　심심한, 바람은 종일

　고무줄놀이 한다

단수로 된 이「수평선」처럼 시인의 맑고 밝은 어린이 같은 마음이 불교의 텅 빈 깊이까지 환하게 보여주고 있는 게 박 시인의 시편들이다.

　열 번 찍어 안 넘어와도 포기란 있을 수 없지

　대답조차 오지 않는 묵묵부답 이력서를

　오늘은 카페에서 쓴다 음악까지 넣어서

　허풍도 가식도 빼버린 말간 행간

누군가 읽어주겠지 혼잣말 담아보느라

커피는 이미 식었고 프로포즈는 다시 시작

김종연 시인의 「101번째 프로포즈」 전문이다. 두 수로 된 연시조로 이력서나 입사지원서를 수없이 써야하는 우리 사회의 취업 현실을 떠올리게도 하는 시다. 그러면서도 사회 비판적으로 쓰지 않고 해학적으로 감싸고 있다. 무엇보다 체험에서 우러나와 진솔하게 읽힌다.

이런 진솔함과 해학은 이 시를 그런 현실적인 시로만 읽히는 데 그치지 않고 곧바로 김 시인의 시작 태도 혹은 시와 삶의 순정한 본질까지로 나아가게 하고 있다. 특히 뒤 수 초장 '허풍도 가식도 빼버린 말간 행간'에서처럼. 앞, 뒤 수가 분명 나뉘어 있음에도 구분을 하지 않은 연 나눔이 좀 아쉬운 시다.

손가락 걸어보지만 약속은 빗나가고

'이번이 마지막이야' 타협은 일사천리

그곳이 늪지라는 걸 아는 사람 다 아는데

무릎을 삼켰으니 머잖아 허리까지

아무리 몸부림쳐도 또다시 원점의 시간

맞물린 수레바퀴에서 탈출하는 법 알려줘!

김 시인의 두 수로 된 연시조「중독」전문이다. '작심삼일作心三日'이라 했던가. 몸에 해로운 담배나 술, 습관 등을 끊으려 애써도 쉽게 안 되는 우리네 일상을 재밌게 다루고 있는 시다. 이처럼 김 시인의 시편들에는 우리네 일상을 재미있게 떠올리며 다시금 반성케 하는 해학정신이 빛나고 있다.

『운문시대』동인들의 시편들을 마치 시 합평회 하듯 내 나름으로 짧게 짧게 짚어봤다. '합평회'라는 말이 절로 나오듯 시 편편이 갓 써서 합평회에 올린 작품처럼 신선했다. 우리네 일상이나 심중에서 시상을 떠올려 시조라는 전통의 틀은 지키되 어떻게든 현대화하려는 실험정신이 돋보였다. 그래서 이 시집이 울산이라는 한 지역 시조시인들의 동인집이면서도 지금 우리 현대시조 최첨단에서 싱싱하고 다채롭게 피어오르는 사화집으로 읽혔다.

묻지 마시라,
오직 노래할 뿐

지은이 | 운문시대
펴낸이 | 유재영
펴낸곳 | 주식회사 동학사

1판 1쇄 · 2018년 6월 30일
출판등록 · 1987년 11월 27일 제10-149

주소 · 04083 서울 마포구 토정로 53 (합정동)
전화 · 324-6130, 324-6131 | 팩스 · 324-6135
E-메일 | dhsbook@hanmail.net
홈페이지 | www.donghaksa.co.kr
www.green-home.co.kr

ⓒ 운문시대, 2018

ISBN 978-89-7190-655-2 03810
※ 저자와의 협의에 의해 인지를 생략합니다.
※ 잘못된 책은 바꾸어 드립니다.

※ 이 책은 울산광역시 보조금을 받아 발간하였습니다.